U0054754

蟬與學士帽

棕色果詩集

亦不無關連；一般來說，詩短就比較不可能鋪敘，因此常用比興，語言的密度就高，特別是十行以內的「小詩」，和古之絕句一樣，講究的是用心於筆墨之外，要語近而情遙。從前羅青論小詩，界定在八行以內，比照的即絕句四行的二倍，他認為一行文言詩句，白話約要二行才能說的清。雖是一己之說，但也不無道理；而致力於小詩推廣的張默就稍微彈性些，他以十行為準。我的朋友向陽寫十行集，我的老師岩上寫八行詩，都屬小詩的計畫寫作，自我規範，想以高密度的語言舞動詩行，以小搏大。

棕色果十行以內的小詩，在26首中的分布情況如下：四行2首，五行1首，六行7首，七行3首，八行5首，九行8首。大部分是六到九行，四、五行的超短詩偏少。我們相信，棕色果一首一首寫著，大概不會意識到一個獨立文本幾行較適當，是自然完成，而非刻意。四、五行詩偏少，應該很正常，因為實在難以開展。

四行詩只有二首，除了〈蟬與學士帽〉，另一首是輯三的〈無情〉。以下我想試析此二詩，看四行的內心世界是多麼寬闊。前首如下：

蟬音高高的唱著一個影子

　　學士帽緩緩的飄落一座山

鍾子期的背影愈走愈瘦

　　爬上額頭的學士帽愈高愈寒愈冷

蟬音高唱泛指學生畢業之盛夏時節，是實景；「唱著一個影子」是虛寫，可能是一個高懸的理想，一個愛慕的對象，或者一個原本應在場卻因故缺席的人。第二行的學士帽象徵學業已完成，但它如何會「緩緩的飄落一座山」，這裡是否有一個被省略的丟帽的動作？「學士帽」和這「一座山」的關連性如何？我願把山解讀成他的學習場。此詩要到第三行「鍾子期」的出現，約略才點出「知音」主題。我想，俞伯牙之遇鍾子期的典故所喻示的知音千載難尋的意涵，我們都很清楚，所謂「背影愈走愈瘦」，大約表示至交逐漸失去吧！故事中的鍾子期是山野樵夫，他能解俞伯牙的高山流水之曲，或許因此才會有前句的「一座山」吧；最後的「愈高愈寒愈冷」說的是高處不勝寒，自有一種巨大的孤獨之感。

如果我的理解沒有錯，詩人棕色果是在慨歎「音實難知，知實難逢，逢其知音，千載其一乎」（《文心雕龍・知音》），那個「影子」也很可能是指一位能知其音的「鍾子期」。鍾逝後，俞伯牙摔琴以謝知音；而棕色果沒放棄他的詩筆，仍期盼有「垂意」的「知音君子」，拾掇此詩並置之諸篇章之首，且以之為詩集之名，頗有呼喚知音之意。

蟬音聽來多情，然本諸人心。棕色果另一首四行詩巧的是〈無情〉：

無情
是顆顆從山坡掉落的果實
秋天向成熟做告別式
冷面喜相逢嚴冬

從盛夏到秋冬，季節的遞嬗原是自然現象，但對人來說，「春秋代序，陰陽慘舒，物色之動，心亦搖焉」（《文心雕龍・物色》）。我們如何理解棕色果所說：一顆一顆果實從山坡上掉落是「無情」？掉落是因成熟，所以才有所謂秋收；但秋收的另一面即死亡，所以才有「秋天向成熟做告別式」之說，正把秋的雙重意涵作了整合。而「冷面喜相逢嚴冬」，逢的是嚴冬，天地看來更肅殺，更無情，但棕色果居然用了一個「喜」字，道是無情卻有情了。

過去四年，我在台南常有機會遇到棕色果，深感他是一惜情之人，對於生命途中之所遇，恆心心繫念；也覺得他是一思考型的詩人，對於人生天地間有深刻體會。我很高興為他的詩集作序，藉此深入他的小詩世界，雖僅略論他二首四行詩，卻發現那已是一個寬闊的有情世界。

發表於《中華日報・副刊》　2014年3月21日

王公貴人你都扮演過了／出入於戲火燒生命／／當你到我的墓前／不再焚燒冥紙或獻上鮮花／只將『屏風表演班』的戲票遺留下來吧／／我是你靈魂面相的麻吉／一生只做一件事／『開門、閱讀、寫詩』／在你墓前大聲痛哭大聲狂笑／離去的背影只留下『放下』」。

詩人咀嚼生命、世情的苦葉，吐出銀質、細緻的詩句。「我自始至終相信：先有人類愛，才有藝術愛，並且此生從最卑微的以至於生命的高峰，奉行此信念，終生不渝。」詩人如是說。

2013年12月3日於上海旅次

發表於台北《文訊雜誌》　2014年3月號

目 次

輯一

輯二

哎，一個驚擾
嚇走
所有的禪

《創世紀詩雜誌》108期　1996年10月

昨夜

昨夜

夢裡

所有的都熄了

只有妳的

相看兩不厭的眼睛

最明亮

彷彿是

湖與湖的對望

《聯合報・副刊》　2012年5月29日

泡影

我坐在這裡多久了
沒有人知道我自己也忘了
問問穹蒼那顆天狼星罷
大海是一把鋸子
推過來又推過去
自從愛子死後隕星墜落
我是海浪上的一粒泡影

《聯合報・副刊》　1999年6月7日

哭泣

因為美好的緣故
我成為地球
在有限的
小小的宇宙中
一粒微不足道的塵埃
竟然浮現許許多多
泡沫煮沸的紛爭與戰亂

地球的心
暗夜打造黃金哭泣的眸子

了然

這山山水水的風景
怎不了然呢

看花鳥蟲魚在心之內
是的，看花鳥蟲魚在心之內

看日月星辰在心之外
是的，看日月星辰在心之外

看之內的之內之外的之外的神
是的，看創造我的神如何斧工我

靜　圓寂我
而我　走音喧鬧

無無之中生有
有有之中生生滅滅

怎不了然呢

於生生滅滅滅滅生生的風景

《聯合報・副刊》　2011年12月7日

火與冰

這麼冷然而荒謬的世代
　　火　火　夏天的烈火　降臨
地心在暗夜中
噴出一長灘岩漿

在地球暖化
生命越來越燥熱的今天
依然有人心存溫柔良善
　　是多麼貼近你我的冰心玉壺

《聯合報・副刊》　2012年12月3日

秋海
——佳洛水

就這麼樣地不爭氣像泅泳者幾幾乎
未曾怎樣地掙扎就溺斃於愛情海
憂鬱微涼早晚白日陽光少年心情
風景促促島南的山風海雨
我正陷入你的美麗眼眸明亮瀲豔的海水
薄薄的紅唇像一口磁石吸住我
潮浪翻滾波波湧向外海宣示你遠離我的圖像
秋日傾斜大海低低緩緩我的歌雙人舞步你的歌
岩岸砂礫紫色貝螺我最初最初底呼喚你的名

架起又有些些迴旋的樓梯你知道生命中你已缺失了某個角落

《中華日報・副刊》　2012年1月29日

淘洗

經過許許多多
無謂歲月的淘洗
最後最後你才發現
原來我是單一而豐富

伐木工人回到溪流
在河床掏洗沙金
原本我是烈火
矗立的一棵棵銀樹

夢裡你曾囈語
我是若愚大智大智若愚
是暗物質暗能量
迴旋宇宙星系的運轉

我是銀河系外一顆恆星
恆久的以堅毅以靜默
以不斷不斷湧流無言的愛
解構崩塌頑劣頑石的你

《中華日報・副刊》　2011年4月14日

最慢的等候

車站人潮來去已是末班車
我等候的伊人遲遲未見出現
月臺獨留我人影
目送火車緩緩向天邊向空茫
馳去
聽說妳到深山裡靜修了
我到山寺尋妳
空留廟鐘與僧尼
我惘然走入萬家燈火
妳居住的南方大城

閃閃爍爍是一座黑白染缸
妳身處紅塵終究
考究的是人生的價目而非永恆
我自始至終信靠的Jesus
將我提昇擺脫棄我之我的昨日
Jesus將平安喜樂豐豐富富
湧泉般沙漠裡的紅玫瑰
供奉在國家殿堂裡

《中華日報・副刊》　2008年2月15日

情人貓

無非是黑貓白貓棕貓橙貓桔貓
條紋貓波斯貓暹羅貓
五顏六色稟性東西南北殊有特色的貓

游走於月亮陰晴圓缺
生活不言不語默默然然
偶或喵喵翻個筋斗翻上牆頭
或在午后縮捲成一團毛球

瞳孔越夜越深愈放愈大
白日在激光裡瞇成一線天
非關捉不捉老鼠
或是吃不吃魚

既不是招財貓
也不是長夜淒厲哀叫的
九命怪貓

伸一伸舌頭

舔舔那春筍般的手臂

毛絨絨貼近你的肌你的膚你的骨血肉

《中華日報・副刊》　2012年6月13日

蝸牛

這個時代
所謂摩登的現代人
豈是
一團又一團
爬行在紫色牽牛花畔
機械復又畏畏縮縮的蝸牛呢

肥厚的蝸牛
晴雨過後
喜愛出來散步

我是一隻禽鳥
——生態詩

晨間的露，陽光是顆顆粒粒
披上綠草如茵的黃金
我啄食小小的顆粒種籽，漫步如浪的草隙之間

忽忽一眨眼你看見我
靜靜悄悄我無言無語
走動草地上或沈思不動

你忽然看見我
先前你從未認識我
我更不認識你

你看見我溫馴乖巧聽話
默無聲息走動在晨間的綠茵

你的心開始浮動
想要來捉拿我
帶回家好滿足你的私慾

你根本不知道我的本領
當你放緩腳步
用雙手做勢來抓我

手套（一）

輕輕剝掉
許許多多
昨日復昨日難以縫補的
黑的
白的
長長短短
高矮胖瘦
五味雜陳的手套
新年新衣新帽
人人穿戴新手套

《中華日報・副刊》 1994年3月15日

手套（二）

我們都空虛
彷若
軟趴趴的手套

祈禱
愛的充滿
像十指
電住手套

《自立晚報・本土副刊》　1995年9月26日

新年

時光容易
重見新年
發現舊年
不過是
一枚藏放的橄欖
細細品味

勇於穿戴
宇宙葉綠的
彩艷新衣

抵擋
外頭世界忽然而至的
地震

《中華日報・副刊》　1995年2月7日

半月

翻船的人生
非圓月啊
非圓月啊
只是半月
只是半月

半月
形似鋼盔
躲避
三不五時

不知道從那裡
飛射出來的
砲彈

還好
雖只是半月
卻有一頂鋼盔
頂著跛腳人生
並微微發亮

《中華日報‧副刊》 1995年12月25日

蟬與學士帽
輯一

輯 二

舞步

凌亂舞夜中
誰成為我的探戈恰恰
和吉魯巴
誰來解我愁
又有誰能夠聽出薩克斯風的高低音呢

凌亂舞步
舞出唐吉訶德的佩劍
與空茫的荷蘭風車對峙

翩　翩　翩　幻化成
千萬朵梵谷的向日葵

今夜不把我讀成
你生命棋盤中的一只棋
今宵不把我當成
你時間海的跳板和墊腳石
流轉的音樂和捧讀的詩書
豈不救拔久久沉入海鬱的我

生命的榮耀

跳脫不出

大廚師手裡

鐵板燒上

必必剝剝的回響

《中華日報・副刊》　1996年6月24日

幸福

秋夜白雲的天空
星星綴飾其間
月亮悄悄地靜靜地行走在天邊發亮

遠方海平面的漁火
唱起一盞盞
溫馨的家
和一個個甜蜜安睡的夢

緩緩地濤聲由遠而近更逼近
獻上靜夜裡最溫柔最甜美的音樂祭典

衝過來的浪
一浪比一浪高
激情地繽紛地演出活的水舞

美酒配海鮮
醉此良夜醉此良宵
幸福竟是洗刷過來的浪
一波接一波波地湧上心頭

《中華日報・副刊》　2008年12月11日

我詩，故我在

輕狂，少年
連作文都寫不好
還寫詩

年歲有了，倒退回去
幾莖白髮的中年，倒退回去
紅顏青絲，新亮的再學習

從年少到老死
詩，不甘寂寞
生命汪洋大海，就一路詩落撩落去

《中華日報・副刊》　2010年1月30日

果實

我歌我吟我唱我舞我凌亂
我所愛我所出生我所結的果子啊
居然對樹葉說你不像我媽媽
居然對樹根說你不像我爸爸

冬日裡的哀傷
莫過于星粒對火球的霸凌
果子逃離樹枝
果子逃離樹葉

吃果子拜樹頭

飲水應當思源

那麼由父母所結的果實啊

難道是石頭裡蹦出來的濁水嗎

《中華日報・副刊》　2011年3月6日

浮塵夾心餅

苦寒的冬日
越來越重

遲遲不來的
春天的飢餓

人啊人
浮塵中的夾心餅

《中華日報・副刊》　1994年2月23日

落葉（一）

春天
竟然掉落
許許多多
落葉呀

守墓人
窸窸窣窣
打掃
前塵往事

四輪啟動
過橋
塵埃終站
落葉一般啊

《中華日報・副刊》　1995年6月15日

落葉（二）

落葉繁複重新地重新地覆蓋我覆蓋我
我已死去
在寂靜的無人知道的秋天裡

焚燒那一片片的落葉吧
你將看見　我底真情
我的骨　我的肉

有情總是
藏在無情的
底下　再底下　最底下

《創世紀詩雜誌》154期　2008年3月

回家

我們都要回家，妙的是
沒有世界的先知可以預告您，您
回家的時辰，您在理性
的有生之年，卻是走在無知的
返家旅程中。
真正回到家，才發現兩個窩，
喜樂或悲苦，天堂鳥與地獄水，
別無選擇。

《中華日報・副刊》　1997年8月15日

騙局
——刺宋七力

只是不離枝也不離根
的樹葉
卻說自己是
飛鳥
飛到埃及的金字塔
飛到中國的萬里長城
是本尊也是分身
是泥菩薩過江
自身難保

非星非月非太陽

怎能說

有發光的照片為憑據

說自己是

宇宙的發光體投胎

那些淪落靈魂的個體戶

上自高人下至庶民

想攀附一根浮木啊

終究陷在瞎眼搭起的網羅裡

向凡夫和囚徒膜拜吧
向黑暗索取光的自由

市井小人物
大人的騙局
終自食惡果
自己的債躲不過自己償還哪
上帝千千眼。阿門。阿門。

《中華日報・副刊》 1996年12月13日

啟示錄

忽忽天搖地動中
死神抓取
　　島上我的弟兄
　　島上我的姐妹
無論男女老年中年青年孩童
無一倖免
無可如何無可奈何
淒淒慘慘慘慘淒淒
生命黑賊降臨
誰能思想

島上我的弟兄

　　我的姐妹

遠離奢侈、淫亂、勢力

返璞歸真

過討神喜悅的生活

曙光乍現

從廢墟中站立

重建美麗家園

台灣九二一大地震

《中華日報・副刊》　1999年12月8日

預知未知時刻

洪水已氾濫河岸也決堤
我的肉體是一分一寸的萎落
我的心臟是一點一滴的停擺

遠房以及至親的人
來到病榻旁
用溫熱的心握住我冰冷的雙手

措手不及是一切
無可能跳接的點線面是一切
預知未知更是一切

《中華日報・副刊》 2010年7月11日

事件

再怎麼樣地呵護小心
第三者就是不怎麼樣地呵護小心

事件發生
總是在難以預料的一秒鐘

一秒鐘命運的網就撒下來了叫你無法逃離

瞬間爆炸或撞擊
毀滅、受傷、無邊災難

從左從右
或在前或在後
或上或下
或天空以及四面八方
一種襲擊雷爆千樣驚心

要發生的奶油般發生了
遽變中我啞然失語逆來學會順受
生命餘火
慢慢，慢慢燉煮療傷

《中華日報・副刊》　2011年12月9日

失去夏天

今年夏季
榴紅詩會——在府城
你沒有來，沒有說一聲，嗨
我彷彿失去了整個夏天

從紀弦師、夢蝶師、到張默師
轉益多師是汝師
是的，生命的旅程
如單音海潮幻化成一系列轟然炸開的夏蟬

升高的氣溫，升高的泡沫Beer
清涼一下（清涼一夏）
打火趁熱，趁熱夏天，飛到安克拉治
飛到美國東岸New York City

流浪是吉卜賽彈唱的電吉他
異國的街景，異國走動的人影，異國的風味美食
失去的夏天，故鄉從遠方伸出一隻手
牢牢，牢牢，套住我

《中華日報・副刊》　2011年6月29日

綠光浮標

萬暗中，看不見什麼，看見的是
微光裡，上上下下抖，浮浮沉沉
是幕前，忽隱忽現動，見觀瞻的
生命劇，事件進行式，無限擴張

霧茫然，釣翁持釣竿，魚與不魚
只聽見，鼓風浪濤聲，有心無心
面向海，舊雨新朋散，此岸彼岸
當謝幕，遙見綠光浮，標示再生

《中華日報·副刊》　2013年4月26日

回音

眾聲喧嘩中從原鄉裡召喚你召喚你唯一靜寂的聲音
天空裡天打雷劈的聲音
地底下不斷不斷核分裂的聲音
人間光燦流離火馬車紛紛擾擾的聲音

（心底啊杯弓蛇影自己嚇死自己的聲音）

無論眾荷是如何的閃電雷劈
從遠古至現代那踢踢達達的聲音
讓潮湧的聲光止於一面鏡
讓火星上的好奇號拍發神哈利路亞的聲音

《中華日報・副刊》　2012年8月30日

黑雲

無形當中的累積，我知道我體貼你所不知道所茫然的
那層層堆疊霜淇淋厚重的心事如擴張鎖住的五湖四海
多麼悶啊悶著一只悶葫蘆的悶
有請司馬光搬來石頭
重重擊碎內心積壓的黑雲水缸
淅瀝嘩啦唱起通腸洗肚不再便祕的快感

《中華日報・副刊》　2013年6月13日

急降雪

雪，漫無天際，肩上滑落
紅頂屋瓦，覆蓋雪；叢樹，小橋
夕照覆蓋雪。

吟詩，燭光，壁爐
撿兩根木頭
熊熊燒起溫暖

《中華日報・副刊》　2013年1月19日

無人

石階沿著
攀爬的山壁
直到頂峰

峰上
紅花數叢
怒看
夕陽無限好

《中華日報・副刊》　1994年12月1日

X檔案

我不屬於這個世界
你相信嗎
世間的人像驛馬奔尋
名和利
豈知名利的雙桅船
不過是幻影
我們本身是幻影
一切所有的皆是幻影

我們不是生自父母
你相信嗎

是上帝造人
將一口氣吹在塵土
你成為會呼吸吐納的你

要找回愛和歡笑
因為現世的你
不過是短暫
不過是一朵泡沫
破滅的幻影吹醒眾生的夢

《中華日報・副刊》　1998年5月26日

擺盪可知與不可知

你說你不知道詩
那那麼怎能夠
暗夜燈盞裡
螞蟻搬象
稿紙上點點滴落心血呢

你說你知道詩
人生的門千迴百轉你已走過
而今登泰山而小大千世界

那那麼

又何必再殉情於詩呢

詩在

人在

游走可知與不可知之間

有限的生命

敲打一個無限的可能

《中華日報・副刊》 1999年1月15日

偷了一片西瓜

從上帝來的；
必要回到上帝那裡去。

我們是從造物者的手裏
偷取了一串串狂喜
和瞬間丑角般的娛樂
偶然碰撞摔跌
疼連連呼喊痛

旅人走馬看花

或呼吸吐納　短暫地

樹蔭下歇息

一種竊賊的嘴臉

某年某月某日某時辰

向上帝偷了一片西瓜

偷的人不臉紅

西瓜卻臉紅了

註：生命短暫，只能說是向神偷來的。
——棕色果語

《中華日報・副刊》　1999年1月31日

詠浪

1

浪

翻滾到心上

左巴掌

右巴掌

哭泣的哀謝。必然從荊棘堆裡

站立起來

2

此番浪非彼番浪
彼番浪從敻遼的天邊
跑馬似地走來奔來
潑灑水水的風景
此番浪無聲無息
無中生有
暗箭射穿山岩千瘡百孔

《中華日報・副刊》　1998年11月12日

輯三

窮

欲窮千里目
更上一層樓

我是怎麼窮的呢
騎有夠機車出門
在十字路口停下等紅燈
伸手要錢的遊民走過來
掏盡口袋給他吧

被錢債猛追
氣喘吁吁掛著一張憂憂愁愁的臉

走過來的弟兄姐妹
給他們吧施比受更有福
與哀哭的同哀哭
與跳舞的同跳舞

我的貧窮怎麼啦
稍稍的夏天的雲朵是給你們遮蔭的
是給你們片刻的富裕

《中華日報・副刊》　2012年10月6日

兩岸

e-mail問安
輕輕飛想
一首重唱的歌
嚮往古時田園秋夢
東西弟兄或是南北姐妹
扶老攜幼晨昏噓寒問暖
焚燒更迭的季節的蓮紅

雲霧說來了就真的來了
相聚衹是霎時又煙飛雲滅

天與地何嘗問安
人和萬事萬物豈不問安
問安捎給居住的我們
回到母性原始的最初
我注入你你注入我

河與海
深情地交匯
問安是世世代代

久久長長

稻麥雷電的波浪

《中華日報・副刊》　2009年3月10日

拖板車的舊曲
——題李進發的畫

紅瓦厝的角落
拖板車醒著
醒著五〇年代
人們擁有的
離亂和苦力

巷頭煙囪
是否吹響
歲月的雲煙
灰灰藍藍的遠天
竟跑出紅氈的巷路

明和暗
光與影
凝聚在木櫺的窗口
唯新砌的磚牆
相思古樸的拖板車

《中華日報・副刊》 1996年1月31日

以什麼之名

天空的塵粒
你以什麼之名
亮閃閃浮飄在外太空呢

渺小的啟明星眨呀眨眼
拍發什麼簡訊呢
可愛的你在手機裡收到了嗎

羞答答的月姑娘
你以什麼之名
吸引看月的人潮呢

太陽風啊

怎樣的閃燄

肆無忌憚地雷電地球

高山啊

你以什麼之名

卑微地飛撞我心中

蛇一般S形的河道

曲曲折折

流在腦門之外

人啊人

拷在身上的枷鎖

以什麼之名斷裂所有的斷裂

生命的花葉再臨

誰的凋落誰的啞劇

以什麼之名

《中華日報‧副刊》　2012年5月2日

尺

用誰的標準

來衡量燈紅酒綠的一粒塵沙，

一輪層層開放的花朵；

一個起起落落上上下下的世界呢？

尺或許願意扮演

一根問路的拐杖

一位肥皂劇中的

包青天

用誰的標準
來丈量浮沉樹葉的
長短淺深呢？

尺有尺的大小長短刻度
尺用自己的標準測度外在的世界
而誰來測度尺的內在世界呢？

《台灣新聞報・西子灣副刊》　1993年9月23日

奇妙

黑暗中
誰來點燈
有人在私密處
資助我
當我陷入生命的困阨
隕星墜落馬失前蹄

哦，一根
意志的粗繩
一把看不見的天梯

緩緩降下
叫我攀升
叫我贏過世界底棋盤

在無歌處
升起一首歌
在悲涼的地方
趕搭愛的帳棚

《台灣時報・副刊》　1997年5月15日

歲月映像

我相信神
我仰望至高的山峯
對於人世
我終生懷抱感恩

我曾
看見亮麗的嫩葉
心情雀躍
像溪水邊活蹦亂跳的麋鹿
我曾
看見枯葉的墜落
而悲泣良久

而如今
我已是髮白的中年
卻還是稚子一般童真的心靈

葉綠我心歡
葉枯我哀泣
歲月映像壓傷我
溫柔情性我卻以你為榮

《台灣時報・副刊》　1994年7月10日

無情

無情
是顆顆從山坡掉落的果實
秋天向成熟做告別式
冷面喜相逢嚴冬

《自立晚報・本土副刊》　1995年10月2日

神刀

電動刮鬍刀
割草機割去我的鬍渣
激射攤平吸塵紙，唯美的黑色

烈日輪轉，大海起伏
比基尼泳衣，乳溝熟女
慶典遊行的潑水節亮晶晶的黑雨，在盛夏

《創世紀詩雜誌》164期　2010年9月

巴掌

父啊　我天上的父
你只賞我一個小小的巴掌
我就滿臉通紅
永世難再鹹魚翻身

雖然我沒犯什麼人世的大罪
小患卻是家常便飯
悲憫我吧　從你的巴掌中
再一次雷劈我

《創世紀詩雜誌》166期　2011年3月

肥蟹

為了人類
你犧牲自己

喜愛你，水煮過的
紅紅的外衣

紅紅的，愛心♡
和亞熱帶椰風

供奉我，蛋白質
火力，海鮮味

肥肥的紅衣
肥肥的紅蟹，肥肥的生命力

《創世紀詩雜誌》162期　2010年3月

哈巴狗與睡美人

海域中
眼前的兩、三顆頑石
是千年不醒的睡美人

前仆後繼
一浪追過一浪的
不也是狂吠的哈巴狗

《創世紀詩雜誌》153期　2007年12月

刺鳥

唰—

唰唰—

唰、唰、唰

又有誰聽得我徐緩拍翅底回音

離開湖面、離開蒽鬱森林、跳躍眾山連城

九霄雲天逼眼過來你衝刺　翺翔

芸芸分貝裡踽踽你飛行

湖何其瀲灩而狹隘的一桌水鏡

今朝我出走擒拿江河四海的風景

《創世紀詩雜誌》120期　1999年9月

丁香苦瓜

生活之苦
叫來一盤丁香炒苦瓜
夏日燠熱暑氣咄咄逼人
熱鍋上的螞蟻地球聖嬰潮

丁香炒苦瓜
呷一大杯夏夜冰啤酒
上火的要降溫
上火的要降溫
許久的政治氣候
濾過性病毒非常感冒

生活之苦
夏夜喝冰啤酒放鬆
越吃丁香炒苦瓜
越吃出那苦的況味來

《創世紀詩雜誌》134期　2003年3月

外衣

翻轉的水晶魔球
我看見了許許多多五花八門
彩妝俏麗的外衣

愛的外衣
政治的外衣
口惠實不惠的外衣
高喊理想低音階的外衣
民粹的外衣
私心自戀的外衣

誰的眼界高過看得見的眼界
誰的胸懷是大風一般的胸懷

卡拉OK去罷
哈哈酒作樂去罷
明日散髮的是誰弄扁舟的又是誰
有人擲去外衣
逃出一個亮晃晃的裸體

《創世紀詩雜誌》134期　2003年3月

旋轉

拒絕　停滯不前
我的生命就是旋轉
日夜不停地歸向一個圓心旋轉

你看，那花
不斷地不斷地開了又謝，謝了又開
你看，那鳥
飛翔再飛翔，飛入極光
你看，那蟲
鳴了春夏，再鳴秋冬

你看，那魚
反向泅泳，撲過一個浪頭再一個浪頭
你看，那獸
在森林裡嚎叫，要吼出黎明

旋轉吧，這無定的人生
一顆陀螺，脫衣野馬似的
旋轉再旋轉

《創世紀詩雜誌》167期　2011年6月

偽善者

1

冬之落葉
一片兩片三、四片
匆匆打在行過的鼻鼾裡
受傷的水痕
隕滅寂靜

2

穿黑白衫的死囚
列隊說哈利路亞

你們在監裡我來看你們
人世間真有廉價的愛心嗎
這是我的例行公事

3

他左手拿聖經
右手拿刀劍
暗暗地將狼爪伸入羊的柵欄裡
他宣召悔改和救贖
稱自己為義
宛若一顆麥子掉落荊棘裡

他看似堅強卻是脆弱
他看似良善卻是惡魔

4

宇宙間綿延無盡
渦輪狀旋轉的星球啊
上帝的慈光與悲憫
喚醒塵埃中
無限小無限小的一個人

《創世紀詩雜誌》139期　2004年6月

高空纜車

玲瓏地玲瓏地
緩緩慢速度爬坡
越過平臺基座
往上爬升續續斷斷斷斷續續
玻璃帷幕內
眼觀左右上下四野八方
皚皚冬雪初綻晴日
白白亮亮冥冥之中的山山水水

纜車越走越高

下面一叢叢尖尖的山是不動聲色的三角錐

尾隨升高湖越縮越小最後縮成一隻單眼

人生的纜車慢慢爬升慢慢爬高

越過了風平浪靜生命的基座

總會發現羅列陡峭的山脊

童顏白嫩少年叛逆刷刷熱情奔放的青年直到哀樂中年

青春的青春的空中纜車是否奔馳不再回頭

《創世紀詩雜誌》163期　2010年6月

比一首詩更美更美的畫
——題李進發的墾丁草原

站立台灣尾了
高高低低的山丘
與乎坎坎坷坷
小小信念的筍石
是宿命裡吹送過來的風景嗎

美哉，站立台灣尾了
中間好一大片一大片
奶綠奶綠的草原
我就在其上

自自然然輕輕鬆鬆
前滾後滾地翻它幾個筋斗

再過去，是濱海的漁鎮
錯錯落落紅瓦白牆
悲哭喜笑冷暖的人間
盡都收藏在
袖珍型窗口的火柴盒

遠遠處藍是藍天

白是白雲

水光波映

玻璃海以及

安安靜靜

湧動的雪色蕾絲裙

《創世紀詩雜誌》140~141期　2004年10月

神與我

簡單的，一張桌椅，一盞檯燈，一個飲料杯
乃依憑人類的創造，它才存在
這麼複雜精密的一個人
豈會沒有神的創造而存在呢

神是美麗，神是圓融
神造男造女，乃是依祂的
樣式和形象，創造人類
人類都是出於神，依靠神，
歸向神

誰的餅分得大

海洋版圖突起的
就這麼樣的一塊番薯餅
無法放大更不能縮小

三隻忠狗（國、親、新）
意氣風發在螢幕那邊沙盤推演你吠我吠
誰的餅分得大

怎麼會不知道虎視眈眈尾隨在後的那隻鷹犬
是？否？是？否？（噬我、噬我）
出手將整個新出爐的烙餅拿了去

《笠詩雙月刊》296期　2013年8月

原鄉與心海
——高雄市立美術館李進發油畫個展

茄萣海深藍深藍的海圖就是日夜呼叫覺醒你的夢幻原鄉
從小時候霧一般山色朦朧記憶中的母親就消失不知去向
原來童年的你奔向海是幅孟克的吶喊吶喊吶喊吶喊吶喊
生育你的母親吶喊故鄉
你的父親行船討海去
孤單無伴的你青少年就拿起畫筆畫漁村畫土角厝
塗畫青藍色憂鬱徬徨的青年期
映像走過自我內心世界
爾後鄉土爾後漁村補破網
甚至歐洲地球村鮭魚迴流
吾的家鄉吾的島嶼

戲票
——懷李國修

一生只做一件事
你說了無遺憾了
並且面對人世永恆懷抱感恩

只是為了眾生眾葉的愛啊
「開門、上台、演戲」
販夫走卒王公貴人匆匆你都扮演過了
出入於戲火燒生命

當你到我的墓前
不再焚燒冥紙或獻上鮮花
只將「屏風表演班」的戲票遺留下來吧

我是你靈魂面相的麻吉
一生只做一件事
「開門、閱讀、寫詩」
在你墓前大聲痛哭大聲狂笑
離去的背影只留下「放下」

《笠詩雙月刊》296期　2013年8月

附錄

棕色果

其一

另約略談一下：

《蟬與學士帽》

蟬是自況，學士帽（在此汎指學位：有學士、碩士、博士，逐級上去）象徵一種知識、學問的追尋，甚或達到某一種人生的高境，到頭來回顧，卻竟是蒼然白茫茫一片。「學士帽緩緩的飄落一座山」，意指人頭上戴的一頂帽子，把人的頭，象喻為一座山。

《無情》

人之生活，難免遇碰世態炎涼的時候，「無情／是顆顆從山坡掉落的果實」當人遭遇世態的炎涼，把無情具象式，化為從山坡上顆顆滾落的果實，對人是一種很大的衝擊。篇中末後兩行詩句，的確是以大自然秋冬景象來烘托暈染整個無情的動見觀瞻，採層層進深的手法呈現。

其二

我所敬愛的文學大師；文山兄長：

深深感受到，在您日常教育事業百忙當中，您還肯為老弟勞心費力付出心血，這份恩義，就足足令我感念再三了。

拜讀大文，很喜愛激賞您文中所提起的〈擺盪可知與不可知〉、〈昨夜〉、〈幸福〉等詩篇論述，尤其是提到「語言的轉折藝術」，更讓愚弟欽服敬佩您的獨具文學慧眼。

〈幸福〉詩篇，是我陪伴女兒在茄萣海邊海產店，用完晚餐，觸感家庭的孤零，現實幸福之不可得，但生活中的微小確幸，就引發我託寄幸福家庭的聯想，是當場揮筆完成之作。

李教授的那篇序文，3月20日或21日（本星期四或星期五）在華副刊出。他文中依據我兩首四行詩，就診斷說我屬於思考型詩人，回想我初始寫詩，是拜讀紀弦的詩集「摘星的少年」，才啟動我的寫詩歷程，就我個人的體質，倒比較傾向於感性浪漫，我會朝這方向專注努力。

上個星期六，拙作文稿、還有兩三張線條畫內頁插圖，編排就緒，已經掛號寄給台北的出版社。來稿大作，未及採錄在這次詩集裡頭，引為憾事。改天，容我請客。願您抽空，我請您喝咖啡、喝喝茶。您的大作，我會珍愛寶貴。這次的缺失遺落，敬請寬諒、包容。

愚弟

以約敬上

棕色果詩作品發表登錄

輯一

蟬與學士帽	《民眾日報・副刊》1981年1月14日　稿費單
蟬與禪	《創世紀詩雜誌》第108期1996年10月
昨夜	《聯合報・副刊》2012年5月29日
泡影	《聯合報・副刊》1999年6月7日
哭泣	《聯合報・副刊》2007年6月26日
魚雁	《聯合報・副刊》2007年12月18日
有人	《聯合報・副刊》2010年1月6日
下一次的約會	《聯合報・副刊》2010年10月31日
水划向玻璃	《聯合報・副刊》2011年6月17日
了然	《聯合報・副刊》2011年12月7日
火與冰	《聯合報・副刊》2012年12月3日
秋海——佳洛水	《中華日報・副刊》2012年1月29日
淘洗	《中華日報・副刊》2011年4月14日
最慢的等候	《中華日報・副刊》2008年2月15日
情人貓	《中華日報・副刊》2012年6月13日
蝸牛	《中華日報・副刊》1994年9月19日
別類蟲蟲——蝸牛	《中華日報・副刊》2003年12月4日

巴掌　《創世紀詩雜誌》第166期2011年3月
肥蟹　《創世紀詩雜誌》第162期2010年3月
哈巴狗與睡美人　《創世紀詩雜誌》第153期2007年12月
刺鳥　《創世紀詩雜誌》第120期1999年9月
丁香苦瓜　《創世紀詩雜誌》第134期2003年3月
外衣　《創世紀詩雜誌》第134期2003年3月
旋轉　《創世紀詩雜誌》第167期2011年6月
偽善者　《創世紀詩雜誌》第139期2004年6月
高空纜車　《創世紀詩雜誌》第163期2010年6月
比一首詩更美更美的畫　《創世紀詩雜誌》第140~141期2004年10月
神與我　《笠詩雙月刊》第296期2013年8月
誰的餅分得大　《笠詩雙月刊》第296期2013年8月
原鄉與心海　《笠詩雙月刊》第296期2013年8月
戲票　《笠詩雙月刊》第296期2013年8月

讀詩人56　PG1250

蟬與學士帽
——棕色果詩集

作　　者	棕色果
責任編輯	段松秀
圖文排版	楊家齊
封面設計	楊廣榕
內頁插畫	蕭瓊瑞

出版策劃	釀出版
製作發行	秀威資訊科技股份有限公司 114 台北市內湖區瑞光路76巷65號1樓 電話：+886-2-2796-3638　傳真：+886-2-2796-1377 服務信箱：service@showwe.com.tw http://www.showwe.com.tw
郵政劃撥	19563868　戶名：秀威資訊科技股份有限公司
展售門市	國家書店【松江門市】 104 台北市中山區松江路209號1樓 電話：+886-2-2518-0207　傳真：+886-2-2518-0778
網路訂購	秀威網路書店：http://www.bodbooks.com.tw 國家網路書店：http://www.govbooks.com.tw
法律顧問	毛國樑　律師
總 經 銷	聯合發行股份有限公司 231新北市新店區寶橋路235巷6弄6號4F 電話：+886-2-2917-8022　傳真：+886-2-2915-6275

出版日期	2014年12月　BOD一版
定　　價	220元

榮獲 NCAF 國｜藝｜會 贊助出版

Printed in Taiwan

國家圖書館出版品預行編目

蟬與學士帽：棕色果詩集 / 棕色果作. -- 一版. --
臺北市 : 釀出版, 2014.12
面； 公分. -- (讀詩人 ; 56)
BOD版
ISBN 978-986-5696-63-4 (平裝)

851.486 103024569

讀者回函卡

感謝您購買本書，為提升服務品質，請填妥以下資料，將讀者回函卡直接寄回或傳真本公司，收到您的寶貴意見後，我們會收藏記錄及檢討，謝謝！

如您需要了解本公司最新出版書目、購書優惠或企劃活動，歡迎您上網查詢或下載相關資料：http:// www.showwe.com.tw

您購買的書名：________________________________

出生日期：________年________月________日

學歷：□高中（含）以下　□大專　□研究所（含）以上

職業：□製造業　□金融業　□資訊業　□軍警　□傳播業　□自由業

　　　□服務業　□公務員　□教職　□學生　□家管　□其它_____

購書地點：□網路書店　□實體書店　□書展　□郵購　□贈閱　□其他

您從何得知本書的消息？

□網路書店　□實體書店　□網路搜尋　□電子報　□書訊　□雜誌

□傳播媒體　□親友推薦　□網站推薦　□部落格　□其他__________

您對本書的評價：（請填代號　1.非常滿意　2.滿意　3.尚可　4.再改進）

封面設計____　版面編排____　內容____　文／譯筆____　價格____

讀完書後您覺得：

□很有收穫　□有收穫　□收穫不多　□沒收穫

對我們的建議：________________________________

____

____

____

請貼
郵票

11466
台北市內湖區瑞光路 76 巷 65 號 1 樓
秀威資訊科技股份有限公司 收
BOD 數位出版事業部

（請沿線對折寄回，謝謝！）

姓　　名：＿＿＿＿＿＿＿＿　年齡：＿＿＿＿　性別：□女　□男

郵遞區號：□□□□□

地　　址：＿＿＿＿＿＿＿＿＿＿＿＿＿＿＿＿

聯絡電話：(日)＿＿＿＿＿＿＿＿＿＿　(夜)＿＿＿＿＿＿＿＿＿＿

E-mail：＿＿＿＿＿＿＿＿＿＿＿＿＿＿＿＿